W9-CLP-677

ON L'APPELAIT FILOT

Peter HÄRTLING, né en 1933, est un des plus importants écrivains de langue allemande. Ses œuvres ont été distinguées par de nombreux prix littéraires.

Romancier, poète, essayiste, il écrit alternativement pour les adultes et les jeunes. Père de quatre enfants, c'est en pensant à eux qu'il a écrit ses premiers livres pour la jeunesse. Observateur minutieux, il traite les grands problèmes que rencontrent les adolescents dans la société de son pays.

Il est l'auteur de *Ben est amoureux d'Anna* (Kid Pocket), *Oma* (Kid Pocket) et *Vieux John* (parution prévue en Kid Pocket).

Il existe, depuis 1984, le prix Littérature Jeunesse Peter Härtling.

Caroline PISTINIER est née en 1954 à Paris. Elle est à la fois auteur et illustrateur de livres pour la jeunesse. Dans ses albums, elle s'amuse à observer les relations entre les animaux comme dans *Théo et le lion* (Kid Pocket). Mais la nature humaine l'intéresse également, et elle est particulièrement sensible au thème de la différence.

Peter Härtling

On l'appelait Filot

Traduit de l'allemand par
Claude Greis

Illustrations de
Caroline Pistinier

POCKET

Titre original :
Das war der Hirbel

Ce livre a été publié pour la première fois
en français, en 1979, dans la collection
« Aux quatre coins du temps »
des éditions Bordas

Malgré tous nos efforts, nous ne sommes pas parvenus à
joindre le traducteur de cet ouvrage. Nous souhaitons que cette
publication nous permette de le retrouver.

ISBN 2-266-06761-3

CHAPITRE PREMIER

QUI ÉTAIT FILOT ?

« Filot, c'est le pire de tous », disaient les enfants du foyer. Ce n'était pas vrai ; ils ne le comprenaient pas. De toute façon, ils ne restaient jamais bien longtemps dans le foyer. Le foyer, c'était cette maison à la sortie de la ville pour les enfants qui n'ont pas de famille, ceux qui posent trop de problèmes à leurs parents, ceux que leur mère rejette ou ceux qui, placés en nourrice, ne « donnent rien de bon ». C'était un foyer de passage d'où l'on vous envoyait dans d'autres foyers.

Filot, personne n'en voulait. Il avait fini par s'installer pour ainsi dire dans la maison du bout de la ville. Il avait neuf ans mais, à le voir, on lui en aurait donné six. Il avait une grosse tête et de fins cheveux blonds qu'il ne peignait jamais. Il était malingre. Malgré cela, on redoutait sa force : dans les bagarres, il l'emportait toujours.

Filot avait une maladie que personne ne connaissait vraiment bien. À sa naissance, le médecin avait dû le tirer avec une pince du ventre de sa mère et l'avait blessé. Depuis, il avait souvent des maux de tête et les grands prétendaient qu'il n'avait pas toute sa raison. Sa mère n'en voulait pas ; quant à son père, il ne l'avait jamais vu. On l'avait d'abord mis en nourrice chez des gens qui — lui-même le disait — l'aimaient bien. Mais, avec ses tours, il faisait peur aux voisins et il n'avait pas pu rester. Sa maladie s'était aggravée, sa tête lui faisait mal, il était pris de colère et ne savait plus ce qu'il faisait. Les gens chez qui il était l'amenèrent à l'hôpital. Pendant

quelque temps, on lui fit toutes sortes de piqûres, on lui donna des médicaments et puis on le plaça de nouveau dans une famille. Mais là, on ne l'aima pas et il fut expédié au foyer.

Parfois sa mère lui rendait visite. Elle produisait sur les autres enfants une très forte impression. C'était une femme grasse qui se maquillait d'une façon étonnante. À chacune de ses visites, elle portait un grand chapeau orné de pierreries scintillantes. Édith, l'aînée des filles du foyer, prétendait que c'était un turban, et à chaque fois cela mettait Filot en colère qu'elle appelle le turban « turban » : il trouvait ce mot stupide et pensait qu'Édith voulait se moquer de sa mère.

Sa mère lui apportait d'énormes paquets de bonbons et de chocolats, le prenait sans cesse dans ses bras, reniflait, pleurait et le quittait au bout d'un quart d'heure en assurant qu'elle reviendrait bientôt. Mais elle ne réapparaissait que trois mois plus tard, avec des bonbons et des chocolats. Pendant tout ce temps, Filot l'attendait avec impatience.

Les médecins qui l'avaient examiné affirmaient qu'il ne pouvait pas guérir, que ses maux de tête iraient en s'aggravant ; plus tard, il devrait pour toujours aller dans un hôpital. Mais Filot n'en était pas encore là ; et puis ça lui était égal : il n'y croyait pas.

Dans le foyer travaillaient Mlle Lebas et Mlle Dupas. Pour les appeler, les enfants criaient « Lebas-Dupas » ; c'était plus simple et il y en avait toujours une des deux qui répondait. Mlle Lebas était déjà assez âgée. Elle avait des cheveux gris et était très sévère. Mlle Dupas était nouvelle dans le foyer. Elle était très jeune, et elle essayait de discuter avec les enfants. Mais ils se méfiaient d'elle : sa gentillesse n'était peut-être qu'une ruse.

Mlle Dupas avait une sympathie particulière pour Filot. Mais lui, pendant longtemps, ne l'aima pas. Il ne comprenait vraiment pas pourquoi elle était si aimable avec lui. Elle avait découvert qu'il savait bien chanter. Quand la chorale se réunissait, il lui était parfois permis de chanter en solo. Mais cela aussi finissait par l'irriter parce que les autres disaient qu'il avait une voix de fille. Il avait simplement une voix haute et très pure. Il ne savait ni lire ni écrire mais, si on lui chantait un air, il le retenait tout de suite.

Pour Lebas-Dupas, il s'agissait d'un « don extraordinaire ». Ce qu'elles appelaient un don, Filot s'en moquait. Il refusait souvent de chanter. Il ne chantait finalement que lorsqu'il en avait envie, par exemple quand il était perché sur la plus haute branche d'un pommier du jardin.

« Tu vas te rompre le cou ! » se lamentaient Lebas-Dupas.

Lui, là-haut, donnait à sa branche de grandes secousses pour qu'elles se lamentent un peu plus, et chantait toutes les chansons qu'il connaissait.

Mais tout cela ne fait pas une histoire. La première histoire raconte comment Mlle Dupas, qui n'avait encore jamais travaillé dans un foyer de ce genre, fit la connaissance de Filot. Cela se passa d'une telle façon qu'elle aurait préféré donner tout de suite sa démission.

CHAPITRE II

LA CULOTTE DE FILOT

Les garçons âgés de six à dix ans dormaient dans une pièce qui était aussi grande que la salle d'attente d'une petite gare. Les lits étaient très rapprochés. Comme il n'y avait pas beaucoup de place pour s'ébattre, les gamins le faisaient sur les lits, bondissant d'un lit à l'autre, s'enveloppant dans les couvertures ou se lançant les oreillers. C'était comme ça tous les soirs. Pas le matin : là, il fallait se lever tôt, se laver et tout le monde était encore fatigué. Mais le soir, il y avait dans le dortoir un chahut incroyable. Chacun braillait tant qu'il pouvait.

Quand Mlle Dupas alla pour la première fois dans le dortoir des garçons, Mlle Lebas lui dit :

— N'essayez pas de parler. Avec ce vacarme, personne ne vous entendrait. Faites plutôt des signes avec les mains.

Dès le couloir, la nouvelle venue fut assaillie par un tintamarre infernal. Elle eut peur. Quand elle pénétra dans la chambre, les garçons couraient dans tous les sens et ils ne firent pas du tout attention à elle. Faisant des signes avec les mains, comme Mlle Lebas le lui avait conseillé, elle montra les lits et posa la joue contre ses mains jointes pour faire comprendre qu'il fallait maintenant aller se coucher. Personne ne s'occupa d'elle. Elle essaya donc de crier pour dominer le bruit, mais personne ne l'entendit. Alors elle se mit à rire et, là, les garçons s'aperçurent de sa présence.

Quelques-uns se groupèrent autour d'elle pour la regarder rire et finirent par lui demander :

— Pourquoi ris-tu ?

— Parce que tout cela est drôle, répondit Mlle Dupas. Vous êtes complètement fous.

— On fait ça tous les soirs ; on n'a pas encore envie d'aller se coucher, répondit Georges, l'aîné du dortoir.

C'était déjà presque un homme. Il était plus grand que Mlle Dupas.

Le tumulte s'apaisa.

— Que vous fassiez ça tous les soirs, ça ne me dérange pas, leur dit Mlle Dupas. Seulement j'aimerais bien être de la partie ; et vient un moment où il faut se calmer pour laisser dormir les petits. Ils sont déjà bien fatigués.

La salle était maintenant silencieuse, à part des hurlements venus on ne sait d'où.

— Qui est-ce ? demanda Mlle Dupas.

— C'est Filot, répondit Georges : il est fou.

Elle regarda tout autour d'elle mais ne réussit pas à voir ce Filot qui criait.

— S'appelle-t-il vraiment Filot ? demanda-t-elle à Georges.

— Je crois que son vrai nom est Jean-Luc, mais on l'appelait déjà Filot avant qu'il vienne chez nous. Je ne sais pas pourquoi. Mais ça lui va bien.

Le cri ne s'arrêtait pas. Ce Filot devait avoir un souffle extraordinaire.

— Où est-il ? demanda Mlle Dupas.

— Dans l'armoire, répondit Georges. C'est sa maison. Nous n'avons pas le droit d'y entrer. Il mord, il frappe et il griffe.

— Alors laissons-le encore un peu dans sa maison, dit Mlle Dupas.

— Comment t'appelles-tu ? demanda Georges.

— Dupas, dit-elle.

Sur quoi l'un des garçons lança : « Comme Lebas ! » et un autre : « Lebas-Dupas ! » Désormais les deux femmes avaient leur nom.

Elle pria les enfants de se laver les dents. La plupart le firent et allèrent aux lavabos. Certains restèrent dans le dortoir et, au lieu d'obéir, se couchèrent sur les lits pour feuilleter des illustrés ou autre chose sans lui adresser le moindre regard.

Filot continuait de crier. Elle se dirigea vers l'armoire d'où venait le rugissement et ouvrit prudemment la porte, comme si un fauve se cachait derrière. La porte grinça. Dans l'armoire était assis un gosse malingre, avec une grosse tête, rouge à force de crier. Il la regarda, ses cheveux blonds dressés sur la tête.

— Alors, c'est toi Filot ? lui dit-elle.

Il continua de crier. Ne sachant pas son âge, elle lui donna cinq ou six ans. « Tout le monde s'imagine qu'il a six ans, lui dira plus tard Mlle Lebas. En réalité il en a presque dix. Il est terriblement fort. J'aurais dû vous dire de vous méfier de lui. »

Infatigable, Filot continuait de crier en regardant Lebas-Dupas. Il était nu et tenait dans ses mains son slip roulé en

boule. Pendant un moment, Lebas-Dupas ne dit rien. Les garçons qui étaient restés dans la chambre regardaient ce qu'il allait faire. Filot cria de moins en moins fort et, tout d'un coup, il se mit à chanter : « À la claire fontaine... » Il chantait d'une voix pure et très belle. Mlle Dupas en était tout émue. Il ne bougeait pas ; accroupi, le slip en boule serré contre la poitrine, il chantait.

Lebas-Dupas attendait, impressionnée par sa voix. Elle espérait tout de même qu'il s'arrêterait bientôt de chanter. Il n'en avait pas du tout l'intention.

— Ne veux-tu pas aller dormir comme les autres ? lui demanda-t-elle timidement. (Elle ajouta :) Tu n'es pas obligé de te laver les dents.

Tout en chantant, il continua de la dévisager. Comme elle était sur le point de lui tourner le dos pour s'en aller, Filot se leva d'un seul coup, pissa sur son slip roulé en boule et le lui lança tout mouillé au visage.

Lebas-Dupas eut un haut-le-cœur, mais elle ne broncha pas. Ils étaient maintenant face à face : lui, le gosse maigrichon à la tête rouge et enflée, et elle qui avait peur de ce nain.

— C'est dégoûtant, ce que tu viens de faire, dit-elle.

Il se mit à rire comme un fou ; tout son corps en était secoué.

— Mais je ne t'ai pas manquée, dit-il.

Il marquait un temps d'arrêt entre chaque mot. Il parlait avec peine. Les mots ne lui venaient facilement que lorsqu'il chantait.

— Tu n'as rien d'autre à inventer ? lui demanda-t-elle.

Il secoua la tête.

— Vas-tu dormir maintenant ?

Il sortit de l'armoire, passa devant elle sans la regarder et s'assit sur son lit.

Les autres garçons ne cessaient de se chuchoter à l'oreille pour se raconter comment Filot avait jeté au visage de Lebas-Dupas son slip plein d'urine. Elle demanda si elle pouvait éteindre la lumière. Le grand

Georges répondit que oui et elle ferma la porte du dortoir.

Elle s'appuya au mur, plus fatiguée qu'elle ne l'avait jamais été.

— Je n'en peux plus, dit-elle à Mlle Lebas.

— Oui, répondit Mlle Lebas, un enfant comme Filot peut vous mettre à bout.

« Je ferai attention à lui », se dit Mlle Dupas.

CHAPITRE III

LE COMBAT DE FILOT
CONTRE LES MOUTONS

Des foyers comme celui où Filot resta si longtemps offrent un abri provisoire aux enfants qui se sont enfuis de l'orphelinat, à ceux que leurs parents ou leur famille d'accueil maltraitent ou à ceux qui n'ont pas de parents du tout et traînent les rues. Là, ils sont examinés par des médecins et questionnés par des psychologues, c'est-à-dire par des gens qui veulent savoir pourquoi ces enfants ont des difficultés avec les autres personnes, pourquoi ils se mettent toujours en colère ou pourquoi ils pleurent toujours. Après cela, on décide soit de les mettre de nouveau en nourrice, soit de les placer dans un foyer, soit de les envoyer dans une clinique.

Pour Filot, on avait bien du mal à se décider parce qu'il était plus malade que tous les autres : « un enfant impossible », comme disaient les gens. Finalement, tout le monde le rejetait. Il ne devait pas comprendre pourquoi, mais on voyait bien que lui-même n'aimait pas du tout les gens qui essayaient de faire croire qu'ils l'aimaient ou qui faisaient semblant d'être gentils. L'unique personne qu'il aimait beaucoup était sa mère et elle ne s'occupait pas de lui. Il était impossible de savoir où elle vivait et ce qu'elle faisait. Elle se contentait de faire, pour les visites, quelques apparitions.

Il s'attacha un peu à Mlle Dupas ; mais il restait méfiant. Quand on allait se promener en groupe, il réussissait toujours à disparaître. Dès qu'on s'en apercevait, tout le monde se mettait à crier : « Filot s'est taillé ! » Cela arrivait au moins une fois par semaine. Les gens du foyer étaient perpétuellement à la recherche de Filot. Comme ils l'aimaient bien, ils n'appelaient pas la police ; sinon, il aurait fallu le placer dans un « foyer surveillé », ce qu'ils ne voulaient pas.

Une des fugues de Filot se termina au milieu des moutons. Et cette aventure-là, il la raconta, ce qu'il ne faisait pas d'habitude. Comme il ne pouvait articuler que des mots (ou des jurons !) mais pas de phrases entières, il n'aimait pas trop raconter ce qui lui arrivait. Mais il avait vécu auprès des moutons quelque chose de si extraordinaire pour lui que, d'un seul coup, il fut capable de faire des phrases.

Lebas-Dupas avaient fait une sortie avec les enfants dans les collines qui entourent la ville. Là, c'est bien : on peut jouer à cache-cache, courir comme on veut, ou regarder les villes et les villages dans les vallées en contrebas. Comme toujours, c'est le grand Georges qui menait la petite troupe. Il était formidable. Même Lebas-

Dupas devaient le suivre et elles le faisaient volontiers parce que Georges était dégourdi et qu'il connaissait bien les collines. Ils se cachèrent. Le grand Georges fut difficile à trouver. Cela dura longtemps. Au bout d'un moment, il n'en manquait plus qu'un : Filot.

On examina les arbres creux et le moindre pli de terrain ; on fouilla les buissons et, comme Filot était un grimpeur de grande classe, on inspecta tous les arbres. Nulle part on ne le trouva : c'est donc qu'une fois de plus il avait pris la poudre d'escampette.

Mlle Lebas revint au foyer avec le gros des enfants, tandis que Mlle Dupas, Georges et quelques autres garçons cherchaient Filot. Ils crièrent son nom, se dispersèrent pour fouiller une fois de plus les environs : pas la moindre trace de Filot. À la nuit tombante, ils interrompirent leurs recherches. Lebas-Dupas auraient dû avertir la directrice du foyer : elles n'en firent rien, espérant que Filot reviendrait de lui-même ou que quelqu'un le ramènerait. Elles avaient très peur pour lui. Elles restèrent toute la nuit éveillées et sursautaient à chaque fois qu'une voiture passait dans la rue. Mais aucune ne s'arrêta, personne ne sonna pour dire : « Voici un garçon qui doit bien être de chez vous. »

Comme les autres enfants, en effet, Filot avait au cou un cordon avec une plaque portant son nom et l'adresse du foyer.

Le lendemain, alors que les enfants étaient en train de déjeuner, quelqu'un demanda à voir Lebas-Dupas.

À la porte, il y avait un vieil homme barbu avec Filot. Celui-ci semblait ne pas être plus lourd qu'une plume dans ses bras. Il était pâle et grelottait, bien qu'il ne fît pas froid.

— Ce gamin est bien de chez vous, n'est-ce pas ? demanda le vieil homme avec un sourire. C'est un drôle de gaillard ! Il a mis mon troupeau sens dessus dessous.

Tout en disant cela, il caressait la tête de Filot : ce qui s'était passé avec le troupeau ne devait pas être trop grave. Il le posa à terre et lui dit :

— Tu peux venir me voir de temps en temps.

Une des grandes filles emmena Filot au réfectoire. Lebas-Dupas pria le berger d'entrer, et celui-ci raconta ce qui était arrivé à Filot, une histoire que Filot lui-même devait raconter plus tard d'une autre façon.

Sur les collines qui entouraient la ville, il y avait encore quelques troupeaux de

moutons. Plus beaucoup. Le berger gardait l'un de ces troupeaux, celui qui était autorisé à brouter l'herbe sur les terrains de l'aéroport II.

— Nous sommes une véritable tondeuse naturelle, expliqua le berger. Hier soir, j'étais assis devant ma carriole. Par ce beau temps, vous pensez ! Les chiens semblaient agités ; les moutons, eux, restaient calmes. Au début seulement ! Tout à coup le troupeau est parcouru d'ondes dans tous les sens. J'avais l'impression d'être assis au bord de la mer ou d'un grand lac et de voir des vagues. Et dans tous les sens. Les chiens aboyaient tant qu'ils pouvaient mais ils ne se risquaient pas à l'intérieur du troupeau ! Vous vous imaginez bien que je commençais à avoir peur. J'ai d'abord cru qu'il y avait un renard au milieu du troupeau ou un chien errant. Mais mes chiens n'auraient pas réagi comme ça. C'est qu'ils avaient bel et bien peur. Je me dirige vers le troupeau pour savoir de quoi il retourne. Je n'ai d'abord rien remarqué. Il fallait sans arrêt que je coure à droite et à gauche derrière mes moutons. Les agneaux bêlaient d'une façon insensée. J'avais l'impression qu'un mauvais esprit s'était emparé des bêtes et qu'elles étaient toutes malades. Ou alors qu'un orage allait éclater d'un moment à l'autre : cela aussi peut mettre les moutons dans un tel état. Je n'ai rien vu. J'ai essayé d'atteindre le milieu du troupeau, mais je me faisais constamment bloquer, comme si mes moutons ne me reconnaissaient plus. La nuit est tombée sans que j'aie rien trouvé. Revenu à ma carriole, je me suis assis pour contempler ce spectacle peu ordinaire. Peu à peu, les moutons se sont calmés et les chiens ont cessé d'aboyer. Ça me paraissait trop bête de continuer à me creuser la tête pour comprendre ce qui se passait et je suis allé me coucher. Je me suis réveillé une ou deux fois dans la nuit parce que mes moutons recommençaient à s'exciter.

Au matin nous voulons repartir. Je siffle mes chiens pour qu'ils mettent le

troupeau en mouvement. Et là, je vois notre gaillard. Au milieu des moutons ! Avec un grand chapeau noir et un manteau en loques qu'il traînait par terre vu qu'il était bien trop grand pour lui. Un véritable épouvantail ambulant ! J'ai attrapé ce plaisantin. Vous pensez si j'étais en colère. Mais le coquin me regardait fixement comme un bienheureux et répétait sans arrêt : « Des lions ! Rien que des lions !

« — Ne sois pas bête, lui ai-je dit. Ce sont des moutons. »

— Mais il n'avait jamais vu de moutons ! J'ai trouvé la plaque et nous voilà. Ne le punissez pas : il est gentil. Ce n'est pas sa faute s'il n'a jamais vu de moutons. C'est bien ça, les enfants de la ville !

Quelques semaines plus tard, Filot put raconter comment, d'après lui, les choses s'étaient passées. Mlle Dupas entendit par hasard ce qu'il expliquait à Évelyne, une petite fille qu'il aimait bien.

— Je suis parti. J'ai dévalé la pente sans m'arrêter. Il y avait de l'herbe haute et un homme méchant. J'ai eu peur de lui mais il n'a rien fait. Il était en bois. Je lui ai chipé son chapeau et puis sa veste aussi, et je suis parti. On était en Afrique et il y avait un désert avec des lions. Les lions se sont rapprochés : des centaines de millions, tous ensemble. Il y avait aussi des chiens et un roquet. Ils m'ont reniflé. Ils étaient gentils avec moi. Rien que des lions gentils. C'était vraiment bien. J'ai dormi avec les lions.

Personne ne put lui faire croire qu'il avait eu affaire à des moutons et non à des lions. Il répondait à chaque fois avec entêtement : « Les moutons, ça n'existe pas. Mais les lions, ça oui ! »

CHAPITRE IV

CE QU'ON DIT DE FILOT
ET CE QUI SE CACHE EN LUI

Le foyer d'accueil a été créé par la ville. À côté de la directrice qui aime bien Filot, plusieurs personnes y travaillent. Il y a Mlle Dupas, qui aime beaucoup Filot, et Mlle Lebas qui ni ne l'aime ni ne l'aime pas ; il y a aussi un jeune homme qui vient de l'université et qui n'a pas encore fini ses études, une infirmière qui veille à ce que tous les enfants aient bien leurs médicaments et leurs piqûres quand il le faut ; il y a une vieille dame qui écrit les lettres de la directrice et fait sur chaque enfant une fiche avec tout ce que Mlle Lebas et

Mlle Dupas ont besoin de savoir ; et, enfin, il y a M. Chopinard et sa femme qui, eux, c'est sûr, n'aiment pas Filot, et puis le docteur qui passe tous les jours. Le foyer se trouve dans un grand jardin en bordure de la ville. Jadis, c'était sans doute la villa de gens très riches qui avaient besoin de trente pièces pour pouvoir vivre comme des gens riches. Mlle Dupas dit que le dortoir des garçons était autrefois la salle de musique et qu'à la place de celui des filles, c'était le salon.

La maison a un grand portail avec une très haute porte en bois difficile à ouvrir. Quand ils voient la porte pour la première fois, les enfants ont toujours peur car ils ne savent pas ce qui les attend dans le foyer.

Une fois franchi le seuil, on se trouve dans un grand hall donnant accès aux deux étages de la maison. C'est là que la directrice accueille les nouveaux arrivants. Elle est grande, mince ; ses cheveux sont blancs et lisses et ses yeux rient toujours. Elle a une voix basse comme celle d'un homme.

Du hall, un large escalier de bois mène au premier étage où se trouvent les dortoirs. Les chambres à coucher de la directrice, de Mlle Dupas et de Mlle Lebas sont au deuxième étage. C'est là aussi que se trouve l'administration. La première fois que Filot passa le seuil et se retrouva dans le hall, il eut peur ; il pensa qu'il était dans un château. Ça l'amusa d'entendre sa voix résonner quand il parlait. Par la suite, il lui arriva, de temps en temps, de chanter dans le hall : ça sonnait bien et il y avait pris plaisir. Comme il était passé par toutes sortes de cliniques et de maisons, il ne fut pas longtemps dépaysé : il se sentit à l'aise dès le deuxième jour. Il connaissait toutes les pièces et savait très bien que l'entresol où habitait M. Chopinard était dangereux, un véritable territoire ennemi qu'il valait mieux éviter.

Il y avait dans les dortoirs des lits de fer qui grinçaient et craquaient la nuit quand on se retournait. Le long du mur qui séparait les dortoirs, on avait mis des armoires dans lesquelles chaque enfant avait un casier. Il faut ajouter que les armoires étaient aussi là pour que Filot s'y cache ou y passe des soirées entières.

À six heures et demie, les enfants devaient se lever et aller à la salle de bains, Lebas-Dupas veillaient à ce qu'ils se mouillent le visage, les mains et les pieds, et à ce qu'ils se lavent les dents. Il fallait se laver les dents matin et soir. Filot trouvait ça abominable. Ils avaient pourtant un dentifrice qui sentait la réglisse.

Les filles avaient leur salle de bains. Filot y allait parfois quand elles se lavaient nues devant les lavabos. Elles poussaient des cris quand il ouvrait la porte. Mais, des filles nues, il en avait déjà vu des dizaines dans les cliniques et dans les familles où on le plaçait : il les trouvait toutes bêtes.

Le matin, les enfants étaient répartis en petits groupes. Lebas-Dupas jouaient avec eux et aidaient ceux qui devaient aller en classe à faire leurs devoirs. Ils étaient peu nombreux et ils avaient la vie dure à l'école. Les « élèves normaux » se moquaient d'eux, les battaient et les appelaient les « enfants du foyer ».

Au rez-de-chaussée, près du grand hall, c'était le réfectoire. Il avait de grandes fenêtres qui donnaient sur le jardin et toujours beaucoup de lumière. Filot s'y plaisait énormément.

— C'est là qu'habitait le roi, disait-il à Mlle Dupas.

— Si tu le dis, c'est sans doute vrai, lui répondait-elle.

Il y avait là quatre longues tables. La directrice, Lebas-Dupas et le jeune homme de l'université en « présidaient » chacun une. Après le déjeuner, tout était calme. Pendant deux heures. Ils devaient s'allonger sur les lits mais n'étaient pas obligés de dormir. Filot dormait toujours. La matinée l'avait fatigué. L'après-midi, quand il faisait beau, on jouait dehors ou on faisait des sorties. Quand il faisait mauvais temps, il y avait des jeux dans le réfectoire ou du bricolage. Filot avait horreur de cela : il n'arrivait jamais à faire ce qu'il voulait de ses dix doigts.

— Tu es vraiment maladroit, lui disait Mlle Lebas.

Chaque journée se déroulait de cette façon. Filot s'y était habitué et il se conformait à l'emploi du temps. Il n'empêche que chaque jour était différent du précédent : il le savait bien.

Il n'y avait que le grand Georges qui se souciait de lui. Filot n'avait pas de véritables amis. Les enfants avaient peur de ses colères, de ses sautes d'humeur, de ce que Mlle Dupas appelait ses « attaques ». Il lui arrivait donc souvent de se retirer dans l'armoire ou dans un coin du réfectoire, ou encore de grimper sur le pommier, là où il avait son nid. Il le défendait en secouant les branches contre tous ceux

qui essayaient de monter et poussait des cris de joie quand quelqu'un se faisait mal.

Parfois les garçons le frappaient. Mais, malgré son air chétif, il avait de la force et savait s'y prendre et, avec les années, il avait appris à tirer parti de son agilité. C'était un bon boxeur. Il frappait vite et dur. Même le grand Georges s'en méfiait.

Il y avait un garçon de quatorze ans qu'on appelait Pinceau parce que ses cheveux gras étaient toujours dressés sur sa tête et que ça lui donnait l'air d'un pinceau. Filot l'envoya au sol dans une bagarre. Au cours d'une promenade, ils s'étaient disputés pour un bâton et Pinceau avait fini par lui prendre le bâton des mains. Filot lui courut après et cria :

— Bats-toi !

Pinceau se mit en position de combat. Ce ne fut pas long. Filot se contenta de frapper les yeux fermés, faisant pleuvoir sur Pinceau ses petits poings bien durs. Celui-ci ne parvint même pas à contre-attaquer. Il reçut un coup de poing dans le cou et s'évanouit. Filot était si ahuri, si impressionné par son succès qu'il partit en courant et ne revint au foyer que le soir, en cachette.

Il demanda à Mlle Dupas si Pinceau était mort.

Mlle Dupas lui dit qu'il vivait encore mais que ce n'était pas bien de frapper au cou.

Il expliqua qu'il n'avait pas voulu frapper au cou. Plutôt au visage.

— Ce n'est pas bien non plus, lui dit Mlle Dupas.

— Mais où alors ? demanda Filot.

— Nulle part, répondit Mlle Dupas.

— Mais s'il est mon ennemi et me chipe mon bâton ?

Mlle Dupas haussa les épaules :

— Je ne sais pas moi non plus, Filot.

À sept heures, après le repas du soir, les enfants allaient au dortoir. Quand, à huit heures, on éteignait la lumière, Filot se trouvait la plupart du temps dans l'armoire. Il prenait des médicaments qui, d'après le médecin, devaient l'aider à dormir. Malgré cela, il n'arrivait jamais à s'endormir. Il se sentait bien dans l'armoire ; il parlait tout seul, ou il chantait si fort que les autres se mettaient en colère. Mais ils ne lui faisaient rien.

À neuf ou dix heures, alors que tous les enfants dormaient déjà, Filot sortait de l'armoire et se couchait. Parfois il ne réussissait pas à s'endormir avant minuit. C'est qu'il avait mal à la tête ou qu'il devait réfléchir à des choses qui le tracassaient, qui l'effrayaient ou qu'il ne comprenait pas. Mlle Dupas le savait. Elle s'asseyait parfois près de lui et lui parlait d'enfants qui avaient aussi été malades et qui allaient mieux maintenant.

Personne, pas même Mlle Dupas, pas même la directrice, ne savait à quoi pensait Filot ni qui il était. Il restait pour tous un inconnu. Il était malade, il ne pouvait pas s'exprimer normalement. Il faisait beaucoup de choses qui dérangeaient, qui irritaient les autres. Le docteur avait des mots pour la maladie de Filot, mais ça ne servait à rien ; ça ne faisait pas comprendre ce qui se cachait en lui. Tout le monde admirait sa voix. Ce qui faisait dire à des gens, y compris à M. Kunz, à l'église : « Il y a quelque chose de bon dans cet enfant. »

Mais qu'est-ce que c'est : être bon ? Filot est-il bon simplement parce qu'il a une belle voix ? Ou parce qu'il peut rester tranquille dix minutes quand il doit chanter ? Ou parce qu'il est heureux quand Mlle Dupas lui caresse la joue ? Ou parce qu'il se réjouit quand la directrice loue son application à ramasser du bois ? Est-il bon, le grand Georges qui ment sans arrêt et mouille son lit quand il est furieux ? Est-elle bonne, Édith, qui est tout sourire quand la directrice est là, puis qui renverse les assiettes de la table, raconte des bêtises et baisse la culotte des garçons l'après-midi dans un coin du jardin ?

Filot ne sait pas ce que cela veut dire : être bon. Il sait quand il est triste, il sait qui lui fait du mal et il sait qui l'aime bien.

Il est content s'il peut rester là où il se sent bien. Seulement, les adultes ne comprennent pas ça. Ils disent toujours : « Tu es méchant », et rarement : « Tu es gentil. » Filot, ça lui est égal.

CHAPITRE V

LE COMBAT DE FILOT
CONTRE M. CHOPINARD

Filot avait particulièrement peur de M. Langlois, qui était de l'Assistance publique et décidait de son sort. À chaque fois qu'il apparaissait, quelque chose changeait dans la vie de Filot, et c'était toujours des changements dans le mauvais sens. M. Langlois disait : « Je m'occupe de toi. » Mais M. Langlois s'occupait-il vraiment de Filot ? Ce que faisait M. Langlois, c'était transporter un paquet ; et, le paquet, c'était Filot.

Filot haïssait M. Chopinard, le

concierge du foyer. M. Chopinard prétendait assurer l'ordre et la discipline. Il disait
parfois : « Ce que les éducatrices ne sont
pas capables de faire, moi je m'en
charge. » Il était petit, assez gros et avait
un nez violacé à force de boire du cidre.
Sa femme s'occupait du ménage, lui de
chauffer la maison, de tondre la pelouse
du jardin et de réparer les lavabos et les
tuyaux. « Bande de garnements, criait-il,
vous cassez tout ! »

Pourquoi avait-il une dent contre
Filot ? C'est un mystère. Car Filot, qui
avait très peur de lui, s'était toujours bien
gardé de se trouver sur son chemin. Il était
effrayé par les rugissements du gros
homme, et puis, une fois, il l'avait vu chas-
ser une fille du dortoir B en la frappant.
Il n'avait pas envie de tomber sous sa
main, ça non ! Filot avait déjà reçu pas
mal de coups : il savait distinguer une personne qui frappe vraiment d'une autre qui
fait semblant. M. Chopinard avait la main
lourde et méchante. Il ne perdait jamais
Filot de vue et il suffisait qu'une dalle soit

descellée dans l'entrée ou qu'une poignée de porte ne fonctionne plus pour qu'il déclare : « Ça, c'est Filot, cet imbécile, cet idiot ! » bien que Filot n'y fût pour rien.

Filot savait qu'entre M. Chopinard et lui ça finirait mal. Lebas-Dupas veillaient pourtant à ce qu'il ne se trouve jamais seul avec M. Chopinard. Elles y faisaient attention. La directrice aussi.

M. Chopinard savait que Filot aimait bien grimper dans le pommier du jardin. Il dit un jour au grand Georges, qui était souvent obligé de l'aider :

— Ce crétin, je vais lui scier sa branche.

Georges avertit Filot. Mais ça ne le dérangeait plus : il avait déjà commencé le combat contre M. Chopinard.

Il perdit la première bataille.

Les Chopinard habitaient au sous-sol. On y accédait par un escalier mais les enfants n'essayaient pas de le descendre. C'était le domaine de Chopinard. Il le défendait par des coups et des rugissements. « Que ces pouilleux viennent chez moi, disait-il, il ne manquerait plus que cela ! »

Filot réfléchit longtemps et le fruit de sa réflexion fut de tendre, d'une rampe de l'escalier à l'autre, une ficelle que Mlle Dupas lui avait donnée. Au ras du sol, pour que M. Chopinard ne la voie pas et se prenne les pieds dedans. Mais M. Chopinard n'était pas si bête : il vit tout de suite la ficelle et courut chez la directrice en criant :

— On veut me tuer ! C'est un attentat !

La directrice prit un air sérieux, bien qu'elle eût plutôt envie de rire, car elle non plus n'aimait pas M. Chopinard.

— Il faut éclaircir cette affaire, dit-elle.

Mlle Dupas reconnut la ficelle mais ne dit rien.

Au début, Filot ne dit rien lui non plus. Mais, après le repas, il suivit la directrice, se plaça tout à coup devant elle et, quand il put parler, lui dit en détachant chaque mot :

— Madame la directrice — M. Chopinard — l'attentat — c'est moi.

La directrice lui dit :

— Bon. Que cela reste entre nous. Mais ne recommence pas une chose pareille.

Filot ne répondit pas et prit ses jambes à son cou.

La seconde bataille se termina mieux pour lui.

M. Chopinard avait cinq poules dans un enclos grillagé derrière le foyer. Le matin, elles réveillaient les enfants. Et puis, expliquant à tout bout de champ qu'il était « débordé » de travail, M. Chopinard ne nettoyait pas souvent le poulailler et il s'en dégageait une odeur épouvantable.

Un jour, Filot avait vu Georges procéder à ce qu'il appelait l'« hypnotisation » d'une poule et il en était resté bouche bée. Georges avait mis une poule sur le dos et elle était restée comme cela, sans bouger. Si vous mettez une poule sur le dos, elle se fige. Mais avant, il faut l'attraper et ce n'est pas si simple.

Filot décida pour se venger d'« hypnotiser » les cinq poules. Tous les vendredis, M. Chopinard allait en ville avec la camionnette pour chercher ce qu'il appelait lui-même le « ravitaillement des goinfres ». « Ils nous mangent jusqu'au dernier centime, disait-il. Et des enfants qui ne sont bons à rien ! »

Un vendredi, Filot décida de passer à l'action. M. Chopinard était parti ; Mme Chopinard au lit à cause de son asthme. De toute façon, elle ne s'occupait pas des poules. C'était l'affaire de son mari.

Filot entra donc dans le poulailler, attrapa les poules une par une et les mit sur le dos. Cela faisait une belle rangée de cinq poules complètement immobiles : il les avait hypnotisées. Il avait eu peur que quelqu'un ne vienne, attiré par le tapage que faisaient les poules quand il les attrapa. Mais il eut de la chance : personne ne le surprit.

Quand M. Chopinard revint avec la camionnette, il ne vit pas tout de suite ce qui était arrivé à ses poules. En trébuchant et en jurant, il porta les paquets à la cave. Ce n'est que dans l'après-midi, en voulant donner à manger aux poules, qu'il découvrit la catastrophe. Il courut à droite et à gauche en criant :

— C'est un meurtre ! Un assassinat !

Et les enfants, Lebas-Dupas, Mme la directrice et le médecin se groupèrent autour de lui, effrayés, ne sachant pas qui avait été tué. Peut-être bien Mme Chopinard.

— Calmez-vous donc, monsieur Chopinard, lui dit la directrice, et expliquez-nous ce qui se passe.

— Toutes mes poules sont mortes ! cria-t-il.

Il en avait les larmes aux yeux et les enfants furent surpris que M. Chopinard puisse pleurer.

— Est-ce qu'on leur a coupé le cou ? demanda Georges prudemment.

M. Chopinard l'insulta et l'aurait presque frappé. Mais Lebas-Dupas firent un geste pour l'en dissuader. Il répondit :

— Non, elles sont là sur le dos et elles ne bougent plus.

— Peut-on voir cela ? demanda la directrice.

— Suivez-moi, dit M. Chopinard d'un ton théâtral.

Georges les accompagna et chuchota en chemin à la directrice.

— Sans doute qu'elles sont seulement hypnotisées.

— Que dis-tu ? demanda la directrice.

Et Georges lui expliqua. Les poules étaient toujours là sur le dos. Mortes, soupirait M. Chopinard. Georges entra tranquillement dans le poulailler et les remit sur leurs pattes. Chancelantes, elles pépièrent un peu puis retrouvèrent leur aplomb, à commencer par le coq. Un instant plus tard, elles couraient dans tous les sens.

— C'est monstrueux, dit M. Chopinard, c'est un attentat !

Et il ajouta après un moment de réflexion :

— C'est Filot !

— Je ne peux pas imaginer le petit

Filot en train de faire une chose pareille, dit la directrice : il n'est pas de taille à attraper des poules et à les mettre sur le dos.

— Cette tête de cochon est capable de tout, répondit M. Chopinard.

— Un peu de retenue, monsieur Chopinard, lui dit la directrice.

Le soir, Mlle Dupas s'approcha du lit de Filot, s'assit près de lui et lui raconta une histoire. Puis, comme cela, elle lui demanda :

— Les poules, c'est toi ?

Filot ne répondit pas.

— Je ne savais même pas que c'était possible, dit Mlle Dupas.

Filot se redressa et lui dit en riant :

— Hypnotiser, c'est chouette, hein !

Mlle Dupas se leva, lui souhaita une bonne nuit et s'en alla.

Mais le combat de Filot contre M. Chopinard n'était pas terminé. Filot dut d'abord essuyer une sérieuse défaite. Un jour que Lebas-Dupas étaient en sortie, il dut rester au foyer avec deux ou trois autres enfants.

Il fallait qu'il soit examiné par un docteur de la ville. Il avait en effet à nouveau de graves maux de tête et, comme toujours, ses « attaques » de colère. Les pilules elles-mêmes n'y faisaient plus rien. Comme il s'ennuyait, il décida de saboter le travail de M. Chopinard.

M. Chopinard voulait tondre la pelouse. Auparavant, il fallait toujours que les enfants ramassent les cailloux qui pouvaient s'y trouver parce que le concierge voulait garder sa tondeuse en bon état. Comme il était revenu dans son appartement — sans doute pour boire du cidre —, Filot descendit dans le jardin. Il prit dans l'allée une poignée de graviers et en saupoudra soigneusement la pelouse. Il ne remarqua pas que M. Chopinard qui devait avoir bu très vite, était déjà de retour dans le jardin et l'observait. Quand Filot eut terminé, M. Chopinard se rua sur lui, l'attrapa sans dire un mot, l'étendit sur le bloc de bois qui lui servait de billot et se mit à le frapper des deux mains.

Filot ne cria pas ; il gémissait simplement. M. Chopinard frappa longtemps.
Puis il le poussa du billot et Filot resta
étendu par terre. Il avait mal partout et ne
pouvait pas se lever.

M. Chopinard le redressa brutalement et lui chuchota d'un ton rageur :

— Ne t'avise pas de dire un seul mot !

Mais Filot s'effondra de nouveau.
M. Chopinard commença à s'inquiéter. Il
partit en courant chercher un chiffon
mouillé qu'il posa sur le visage de Filot.

— Tu supportes pourtant bien les
coups, lui dit-il ; tu y es habitué.

Filot commençait à se sentir mieux et, maintenant, il faisait semblant d'être blessé. Il gémissait de plus en plus fort et se tordait dans tous les sens. M. Chopinard finit par avoir très peur. Il se lamentait :

— Mais qu'est-ce qu'il faut que je fasse ?

« Ce que tu voudras », se dit Filot. C'est lui maintenant qui avait le dessus.

M. Chopinard le souleva et le porta chez lui. C'est de cette façon que Filot pénétra dans son domaine. Sa femme n'était pas là. Il allongea Filot sur un canapé. L'appartement sentait le cidre. M. Chopinard sentait le cidre. Il se pencha sur lui et lui souffla dans le visage son haleine chargée d'une odeur de cidre : Filot se sentit mal.

— Allons, debout, mon garçon ! supplia M. Chopinard.

Mais Filot n'avait pas du tout envie de se lever.

— Où sont Lebas-Dupas ? demanda-t-il.

— Nous n'avons pas besoin d'elles, répondit M. Chopinard.

— Où est Mlle la directrice ? poursuivit Filot.

Effrayé, M. Chopinard redressa brutalement Filot et lui ordonna :

— Allez ! Tu dois pouvoir marcher.

Filot s'effondra avec beaucoup de savoir-faire. Il n'aurait jamais cru qu'il pourrait rouler M. Chopinard comme ça. C'était merveilleux de l'entendre geindre ! Il commença même à trembler de tous ses membres et, tournant de l'œil, fit dépasser sa langue de sa bouche.

Paniqué, M. Chopinard se dit que Filot était bien capable de mourir chez lui. Il sortit en courant et revint au bout d'un moment avec la directrice.

— Voici l'enfant, dit-il d'un ton piteux en montrant Filot qui, couché par terre, se tordait, pleurnichait et montrait le blanc de ses yeux.

— Une attaque ? demanda la directrice.

— C'est ça, répondit M. Chopinard. Exactement : une attaque. Je l'ai trouvé dans cet état, le pauvre gamin.

Craignant que la victoire ne lui échappe, Filot se leva d'un bond et dit en montrant M. Chopinard du doigt :

— C'est faux ! Il m'a frappé !

La directrice le prit par la main et l'emmena dehors. Puisque le docteur devait arriver tout de suite, elle lui dit de l'attendre et revint chez M. Chopinard.

Sans avoir entendu ce qu'elle avait dit à M. Chopinard, Filot était certain de ne plus jamais être battu. Effectivement, M. Chopinard ne recommença pas. Mais, chaque fois qu'il voyait Filot, il grognait comme un chien de garde d'une façon menaçante.

Filot l'avait vaincu.

CHAPITRE VI

LES EXAMENS DE FILOT

Filot a passé de nombreux tests. C'étaient des femmes, la plupart du temps, qui s'asseyaient en face de lui à une table et lui faisaient faire un jeu. Ce jeu leur permettait de savoir si Filot était intelligent ou bête, s'il aimait sa mère, si ça lui plaisait d'être seul, s'il aimait ou non avoir des amis, et beaucoup d'autres choses encore. On appelle ces femmes des psychologues. Filot, lui, les appelait des « joueuses » et, dans le fond, il les aimait bien. L'une d'elles avait pourtant réussi à le dégoûter du jeu. Elle lui avait sans cesse crié après et ne lui avait pas permis de se lever et de

s'en aller au milieu du jeu. C'est pourtant
ce qu'il faisait d'ordinaire quand il n'avait
plus envie de jouer.

Filot avait acquis peu à peu tant de
pratique qu'il savait parfaitement comment faire plaisir aux « joueuses », au
point de les enchanter à chaque fois par
ses belles constructions. Elles ne voyaient
pas qu'au lieu de jouer normalement Filot
s'efforçait de les satisfaire. C'est Mlle Dupas qui le prit sur le fait. Elle le fit jouer.
Elle avait beaucoup de petits personnages

qu'il devait placer. Ces bonshommes, Filot les connaissait déjà. Très rapidement, il les disposa d'une façon telle que la « joueuse » devait être satisfaite.

Mlle Dupas rit et dit :

— Refais-le.

Filot recommença et disposa les figurines exactement de la même façon.

— Tu connais le jeu par cœur, lui dit Mlle Dupas.

— C'est épatant, dit Filot. Je l'ai appris. C'est chouette, hein ?

Mlle Dupas alla chercher un autre jeu qu'il ne connaissait pas encore et lui demanda de jouer avec. Filot refusa. Il savait qu'il risquait de se démasquer. Il se leva et dit :

— Il faut que j'aille aux cabinets.

— Va, lui dit Mlle Dupas, et reviens vite.

Il ne revint pas. Il n'avait pas envie d'essayer un autre jeu : Lebas-Dupas pourraient découvrir quelque chose de dangereux pour lui ; il le savait.

CHAPITRE VII

FILOT DÉMASQUE ÉDITH

À part Georges, aucun des enfants du foyer n'aimait Filot. Ils avaient peur de lui. Il devait être plus malade et plus méchant qu'eux. C'est du moins ce qu'ils pensaient. C'était faux. Mais Lebas-Dupas elles-mêmes ne parvenaient pas à leur ôter cette idée de la tête. Et puis c'était le plus grand fauteur de troubles du foyer. Avec lui, on s'attirait des histoires. De plus, il faisait constamment des fugues et il fallait partir à sa recherche.

Filot avait très peur des filles. Dans un autre foyer, il en avait connu une qui n'avait pas cessé de le tourmenter. Elle lui racontait d'horribles histoires d'assassins et de fantômes et lui tordait sans cesse le bras dans le dos quand ils étaient seuls. C'est pour cela qu'il évitait les filles. Dans la seconde de ses familles adoptives, il avait entendu le père dire que les femmes, c'est le diable et, depuis, il répétait d'un air convaincu : « Les femmes sont des diables. » Pourtant Lebas-Dupas, par exemple, ou Mme la directrice n'en étaient pas. Mais ça lui était égal : Édith en était un ; ça, il en était sûr. Il suffisait qu'elle s'approche de lui pour qu'il s'en aille. Elle était grande, grosse et ressemblait à une vraie femme. Elle avait douze ou treize ans. Filot la trouvait bête et dangereuse. Dans le dortoir des filles, comme Georges chez les garçons, c'était elle le chef. Toutes lui obéissaient.

Quand il y avait des histoires avec Filot ou à cause de lui, Édith prétendait toujours qu'elle s'en était doutée. « Filot est incorrigible, criait-elle ; il sème partout le désordre ! » Et quand, un jour, la petite Irène disparut, que les gens du foyer la cherchèrent jour et nuit et qu'il fallut la police pour la ramener, Édith alla voir Mlle Dupas et lui expliqua que c'était Filot qui avait poussé Irène à s'enfuir.

Mlle Dupas ne put le croire.

— Mais si ! assura Édith. J'en suis certaine. Filot a dit à Irène que dehors c'était bien et lui a raconté son histoire avec les lions.

Mlle Dupas lui ayant demandé de s'expliquer, Filot fut stupéfié qu'Édith ait pu médire à ce point et déclara n'avoir jamais adressé la parole à Irène.

— Tout cela est faux, bégaya-t-il. Cette peau de vache ment.

Mlle Dupas le rappela à l'ordre et lui dit qu'il n'avait pas à employer de telles expressions.

— Mais si c'est une peau de vache…, répondit Filot ; et, en plus, qui ment…

Après Irène, deux autres filles disparurent et il fallut les rechercher. M. Langlois, du service des jeunes de l'Assistance publique, vint exprès et déclara :

— Le ver est dans le fruit ; il y a ici quelque chose qui ne va pas.

Lui aussi pensait que la cause de tous les maux, c'était Filot. Mlle Dupas prit donc de nouveau Filot à part, l'interrogea et le mit en garde : qu'une seule des filles vienne à faire une fugue et il faudrait qu'il quitte le foyer. C'est ce qu'avait décidé l'homme de l'Assistance publique.

Or, une fois de plus, c'est ce qui se passa. Filot ne sut plus quoi faire. On tournoyait autour de lui, on lui faisait peur, alors qu'il était innocent. Il s'était rendu coupable de beaucoup de choses. C'est lui, il y a peu de temps, qui avait laissé partir les lapins du voisin ; c'est lui qui, en essayant de réparer le robinet de l'évier dans le couloir, l'avait arraché du mur sans le vouloir ; c'est lui qui avait renversé du miel sur la robe de la directrice. Mais, cette fois-ci, ce n'était pas lui le coupable.

Filot n'était pas aussi bête qu'on le croyait. Si Mlle Dupas elle-même ne lui faisait plus confiance, il fallait qu'il se débrouille tout seul : il le savait. Il se produisit donc chez lui une étrange métamorphose : il se mit à s'occuper des filles, il cessa de les éviter. Bien sûr, elles se moquaient de lui quand il commençait à bégayer et se montrait incapable d'articuler une phrase entière ; mais elles étaient ravies quand il leur chantait quelque chose ou leur faisait des petits cadeaux tels que des escargots vivants, une grenouille qu'il avait attrapée et gardait dans une boîte de conserve, ou encore une des belles ficelles multicolores dont il faisait collection. Il distribuait ses cadeaux à toutes, apparemment sans idée préconçue. Mais, en réalité, il avait un plan. Il voulait les interroger. Car enfin, à moins que quelqu'un ne leur ait mis une idée en tête, ce n'était pas possible qu'elles s'en aillent comme cela sans crier gare ; ici, dans le foyer, on n'était quand même pas si mal, se disait Filot, même si c'était parfois dur. Il interrogea les filles pour savoir qui leur avait parlé des lions qu'il avait rencontrés. « Ce

sont mes lions, précisait-il. Personne d'autre ne peut les voir. Ils ne s'approchent que de moi. »

Au début, les filles ne dirent rien. Mais, après quelques jours d'interrogatoire acharné, il finit par savoir qui lui avait pris ses lions : Édith. Elle avait raconté aux filles que les lions de Filot broutaient dans un pré tout près du foyer, qu'ils étaient tout aussi apprivoisés que des chiens ou des canaris et qu'ils avaient complètement oublié qu'on peut aussi dévorer des hommes.

Filot comprit alors qu'Édith avait voulu lui jouer un mauvais tour. Elle voulait qu'on le chasse du foyer. Il la haïssait. C'était une sorcière.

Mais comment expliquer à Mlle Dupas que c'était Édith et non pas lui, Filot, qui poussait les filles à quitter le foyer ? Il eut une idée. Il alla voir Mlle Dupas et lui dit :

— Je voudrais jouer.

— Mais tu joues toute la journée, lui répondit-elle.

Filot se mit à bégayer d'une façon épouvantable. Il ne pouvait plus dire un seul mot correctement et finit par hurler :

— Le jeu des « joueuses » !

— Pour le moment, Filot, j'ai autre chose à faire, lui expliqua Mlle Dupas.

— Mais il le faut ! cria Filot ; c'est important.

Mlle Dupas remit le jeu à plus tard dans la soirée.

— Après le dîner, dit-elle, si tu y tiens absolument.

— C'est important, assura de nouveau Filot.

Le soir, Mlle Dupas alla chercher Filot mais lui expliqua tout de suite qu'elle connaissait déjà le jeu qu'il avait appris par cœur.

— C'est un autre, lui dit-il.

Il s'assit à une table en face d'elle, examina toutes les figurines, prit quatre blocs et lui dit :

— Ça, ce sont des lions.

— Si tu veux, lui répondit-elle.

Il posa les lions dans le coin le plus éloigné de la table et dit :

— Ils sont dans la prairie, chez le berger, tu sais ?

— Oui, je sais, répondit Mlle Dupas ; ce sont tes lions.

— Mes lions ! affirma Filot avec rage. Ils ne sont qu'à moi ! Pas à Édith !

— Mais Édith ne les connaît même pas ! dit Mlle Dupas.

Filot commença à perdre courage. Sur le coin opposé de la table, bien à l'écart des lions, il construisit quelque chose qui ressemblait à une maison et il y plaça un grand nombre de figurines.

— Le foyer, dit-il. C'est nous.

— Oui, c'est exact, confirma Mlle Dupas.

Filot désigna une grande figurine et déclara :

— Toutes les femmes sont des diables.

— C'est stupide, dit Mlle Dupas.

— Ou pas toutes, rectifia-t-il ; mais celle-ci, dehors.

— Continue, Filot, lui dit Mlle Dupas.

Il remarqua qu'elle était maintenant très attentive. Il poussa quelques figurines vers la plus grande et expliqua :

— Elle leur raconte quelque chose.

— Quoi ? demanda Mlle Dupas.

Filot la regarda fixement quelques instants et dit :

— Maintenant, je n'en dis pas plus.

— Alors joue, lui dit-elle pour l'encourager.

Il joua. Les figurines se pressaient toujours plus autour de la plus grande et plus grosse. Il la fit sautiller et remua ses lèvres comme s'il déversait des torrents de paroles. Ensuite, presque toutes les figurines se couchèrent, la grosse aussi ; il n'en resta qu'une debout. Avec elle il alla se promener en direction des lions. Il la plaça au milieu des lions et regarda Mlle Dupas plein d'espoir.

— Ça, je ne l'ai pas appris, dit-il : c'est nouveau.

Mlle Dupas hocha la tête :

— Je t'ai compris, Filot. Si tu ne veux plus jouer, tu peux maintenant t'en aller.

— As-tu vraiment bien vu ? demanda-t-il.

— Oui, dit Mlle Dupas.

Elle l'emmena au dortoir. Les autres étaient déjà couchés. Mais elle se rendit encore chez les filles et alla chercher Édith. Filot l'entendit et ça lui fit plaisir.

Il n'y eut plus de fugue chez les filles. Mlle Dupas dit à la directrice :

— Ce Filot est plus intelligent que nous ne le pensions.

CHAPITRE VIII

FILOT ARRÊTE L'ORGUE

Quelquefois, Filot devait chanter à l'église. Avec d'autres enfants, mais aussi tout seul. Il fallait qu'il aille aux répétitions, ce qu'il oubliait toujours de faire. Lebas-Dupas partaient alors à sa recherche, faisant retentir tout le foyer de leurs appels désespérés ; Filot, lui, se trouvait dans une des armoires du dortoir des filles. Il adorait chanter mais prenait peur quand il y avait beaucoup de monde pour l'écouter. Une fois qu'il s'était mis à chanter, plus personne ne pouvait l'arrêter.

C'est Mlle Lebas qui tout d'abord lui apprenait les cantiques et les psaumes. Il apprenait vite. Mais, avec les paroles, il avait des difficultés. Là, par exemple, où il aurait dû chanter « plus près de toi, mon Dieu », il n'était pas rare qu'il fît simplement « la-la-la ». Mlle Lebas ne jugeait pas indispensable qu'il retienne tout.

Ce n'était pas l'avis de M. Kunz. M. Kunz était l'organiste de l'église. C'était pour Filot un bourreau. Non pas parce que M. Kunz n'aimait pas Filot, mais parce que l'important pour lui, comme il aimait à le répéter, c'était la musique, l'art !

L'art, Filot s'en moquait. Il ne savait pas ce que c'était. Lorsque M. Kunz essayait de le lui expliquer, Filot appuyait sur la pédale de l'orgue, tirait les registres — c'est-à-dire les boutons qui, sur un orgue, permettent de changer la tonalité — et M. Kunz, qui défendait à quiconque de toucher à son orgue, se mettait en colère et le priait de faire attention.

Mlle Lebas lui expliquait que Filot ne pouvait pas faire attention, qu'il n'en était pas capable :

— Il ne fait attention que si une chose lui fait un très grand plaisir. Mais cela ne dure jamais longtemps, lui disait-elle ; vous devez en tenir compte.

M. Kunz voulait que Filot apprenne à chanter avec un accompagnement à l'orgue. Ça n'était pas simple. Filot pouvait très vite retenir une mélodie, mais il ne voyait pas pourquoi l'orgue, pour l'accompagner, « chantait » un autre air que lui. À chaque fois que M. Kunz et Filot commençaient à répéter, Filot s'arrêtait de chanter pour dire : « C'est faux. » Alors M. Kunz respirait profondément, parlait de compositeurs, de compositions, de Jean-Sébastien Bach, et Filot n'y comprenait rien. On recommençait et, de nouveau, Filot s'arrêtait de chanter. « S'il n'avait pas une voix d'ange, disait M. Kunz, il y a longtemps que je l'aurais jeté en bas de la galerie et mis à la porte de l'église. »

Ils répétaient d'abord seuls, puis avec la chorale. Il faisait toujours un peu froid dans l'église. Filot, qui n'aimait pas avoir autre chose sur lui qu'une chemise et une culotte, en grelottait et sa voix tremblait quand il chantait. En musique, on appelle cela un vibrato.

M. Kunz lui dit un jour :

— Dispense-nous du vibrato.

Filot pensa qu'il s'agissait d'une chose peu convenable et dit :

— Je ne m'occupe pas de vibrato.

— Mais c'est ce que tu fais, lui cria, en colère, M. Kunz, de l'orgue où il était assis.

Filot fut très étonné par cette chose qu'il ne faisait pas tout en la faisant, à en croire M. Kunz. Il s'examina de la tête aux pieds, regarda si sa chemise ne dépassait pas de sa culotte et si, par hasard, ça ne serait pas cela, le vibrato. Il n'y eut pas d'arrangement possible avec M. Kunz. À peine chantait-il que le vibrato réapparaissait. Mlle Lebas comprit enfin que Filot devait enfiler une veste de laine pour qu'il n'y ait plus de vibrato. « Cela avait donc quelque chose à voir avec la chemise », se dit Filot.

C'est le soir qu'eut lieu le premier concert, ce dont les enfants qui devaient chanter se réjouirent fort car, d'ordinaire, ils ne restaient jamais si longtemps debout. À la tombée de la nuit, ils traversèrent la rue pour se rendre à l'église, et Filot se demanda si ce n'était pas le moment de s'esquiver. Nul doute que M. Kunz allait encore crier à cause du vibrato et lui faire honte devant tout le monde. De plus, il n'avait toujours pas appris à chanter correctement avec l'orgue, étant donné que l'instrument ne faisait pas les mêmes notes que sa voix.

Devinant les pensées de Filot, Lebas-Dupas le placèrent entre elles : il était prisonnier. Bien qu'il eût la veste de laine verte, il se remit à trembler. Il fallait donc s'attendre qu'effectivement M. Kunz se fâche à cause de ce vibrato dont Filot ignorait l'origine. L'église était remplie de gens qui regardaient les enfants avec curiosité. Ces derniers en gloussaient de rire et Filot avait envie de tirer la langue. Mais il ne voulait pas faire cela à Lebas-Dupas. Sa langue resta donc dans sa bouche. Et puis il avait de nouveau très mal à la tête, bien que le docteur lui ait fait l'après-midi une piqûre « spéciale ».

Ils montèrent à la galerie et se placèrent devant l'orgue. Il y eut d'abord un homme qui parla en haut de l'église, ce qui ennuya tellement Filot qu'il s'assit sur le plancher. Mlle Lebas, qui était derrière lui, le fit se relever.

— C'est bientôt ton tour, Filot, lui dit-elle.

Tout à coup l'orgue retentit et Filot voulut commencer à chanter. Mais la main de Mlle Lebas se posa sur son visage et lui tint la bouche fermée.

— Pas encore, lui dit-elle à l'oreille. C'est l'introduction, Filot. On te l'a dit mille fois.

Filot ne parvenait pas à s'en souvenir. Après l'introduction, ce fut au chœur de chanter et Filot chanta avec les autres de toutes ses forces.

Ce fut enfin son tour.

— Maintenant, c'est à toi ! lui chuchota Mlle Lebas.

Mais M. Kunz fit gronder son orgue et Filot, trouvant cela très déplacé, refusa de chanter.

M. Kunz s'arrêta de jouer. Tous les visages se tournèrent vers la galerie et l'organiste sur sa chaise commença à agiter les bras et à ouvrir et fermer la bouche. Il jeta à Filot un tel regard que celui-ci prit peur. Mlle Lebas lui dit, cette fois très fort :

— Mais c'est ton accompagnement. Tu dois chanter !

M. Kunz recommença à jouer. Filot essaya sur une note longuement tenue de rattraper l'accompagnement. Il n'y parvint pas. Il trouvait que l'orgue jouait faux : ça n'allait pas avec sa voix.

M. Kunz se leva, très en colère. Devant, dans l'église, on murmurait ; quelques personnes se levaient aussi. Filot s'attendait que M. Kunz lui donne une correction. Il n'en fit rien. Il hocha la tête, dit à Mlle Lebas quelque chose que Filot ne put entendre et celle-ci ordonna à Filot de chanter : sans orgue à présent. Craignant que M. Kunz ne découvre une fois de plus le vibrato, Filot déclara qu'il préférait ne pas chanter.

— Mais si ! lui dit Mlle Dupas ; tout le monde attend.

Alors Filot chanta. Plus personne ne le dérangeait, ni M. Kunz, ni le chœur. Il trouva que dans l'église sa voix avait une belle sonorité. Il chanta de plus en plus fort et avec de plus en plus d'assurance. À plusieurs endroits, il avait oublié les paroles. Il fit des « la-la-la ». Quand il eut terminé, Mlle Dupas le prit dans ses bras et M. Kunz lui-même accourut pour lui caresser la tête et dire :

— Je voudrais bien savoir d'où tu tiens cela.

Filot était très fier.

— Et le vibrato n'était pas là, dit-il.

— Non, dit M. Kunz.

En bas, dans l'église, les gens applaudissaient. Mlle Lebas lui fit cadeau de la veste verte qu'elle lui avait prêtée. Au concert suivant, quand Filot chanta dans l'église, ce fut sans l'orgue de M. Kunz.

CHAPITRE IX

FILOT SE FAIT PORTER MALADE

Être malade, Filot sait ce que c'est. Il connaît toutes sortes de douleurs. Il a souvent mal à la tête, parfois des bourdonnements d'oreilles et, de temps en temps, des étourdissements. En plus, les médicaments qu'il prend lui donnent mal au ventre. Dans le fond, il est continuellement malade. Ça lui est égal tant qu'il peut courir à droite et à gauche et qu'il n'a pas trop à souffrir de ses maux de tête. Une fois, il a eu tellement mal à la tête qu'il s'est jeté en courant la tête la première contre le mur de sa chambre : il ne savait pas ce qu'il aurait pu faire d'autre. « Filot est devenu fou », pensa son père adoptif. Il ne comprit pas que Filot ne voyait plus d'autre solution pour se débarrasser de la douleur. Car Filot ne pouvait pas non plus s'expliquer.

Il criait :

— J'ai mal là ! et montrait sans arrêt sa tête.

— Oui, oui, à la tête, disait le père. Ça, je l'ai compris.

Personne ne pouvait comprendre Filot.

Filot avait déjà eu affaire à de nombreux médecins. Certains le traitaient sans ménagement ; d'autres, au contraire, étaient gentils avec lui. Il y avait un vilain mot dont il avait peur : incurable. Il avait dit à Mlle Dupas :

— Je ne suis pas du tout incurable puisque je cours et que je joue.

Le docteur qui venait chaque jour au foyer était avec lui extrêmement gentil. Il s'appelait Charles Kremer et dit à Filot :

— Mes enfants m'appellent Charle-

magne. Tu peux m'appeler comme ça toi aussi. (Il lui expliqua que ses enfants n'étaient pas du tout ses enfants mais des enfants qui, comme lui, avaient été au foyer.) Maintenant, j'en ai déjà trois, lui dit-il.

Filot trouva cela merveilleux et fit de grands efforts pour devenir lui aussi un enfant de Charlemagne. Mais ce n'était pas si simple. Parfois, Charlemagne le grondait et lui expliquait qu'il ne devait pas sans arrêt faire des bêtises, qu'il devait essayer de parler correctement, au moins avec Mlle Dupas et Mlle Lebas.

— Ouvre la bouche, Filot, disait Charlemagne.

Il voulait aussi savoir à quoi songeait Filot dans la journée et de quoi il rêvait la nuit. Filot le lui racontait. Cela durait toujours très longtemps car ce n'était pas rien de trouver les mots pour les choses auxquelles pensait Filot.

Il y avait une histoire qui avait beaucoup plu à Charlemagne. Filot la racontait comme ceci :

— Je pars du foyer. J'ai emporté du pain. Pour ne pas mourir de faim. Je veux aller très loin. Au pays où l'on fait le soleil. Là où tous les jours on le met au ciel. Je voudrais voir qui fait ça. Il faut beaucoup de monde. Parce que le soleil est lourd. Il faut le lever en l'air. Tu crois que ça brûle les doigts ? Le soleil monte toujours plus haut. Les gens le lancent dans le ciel. Il est moelleux et brillant.

Charlemagne lui expliqua que le soleil était loin de la terre, à des millions de kilomètres, que c'était une étoile, une grosse étoile autour de laquelle tournait la terre.

Filot lui dit :

— La terre ne tourne pas. Elle se termine quelque part.

— La terre est ronde, répliqua Charlemagne. Ce n'est pas une tranche.

C'en était trop pour Filot. Il interrompit la conversation en disant :

— Ce n'est pas vrai. C'est de la bêtise.

Il disait souvent : « C'est de la bêtise. » C'était l'expression préférée de son premier père adoptif. Pour lui, tout ce que disait Filot, c'était de la bêtise. Là-dessus, Filot avait décidé de considérer lui aussi comme de la bêtise tout ce que les autres disaient.

Charlemagne le faisait toujours venir dans une pièce préparée pour les soins. Il y avait là une petite table avec des seringues et des pilules, et un lavabo où Charlemagne se lavait sans cesse les mains. Filot faisait des efforts acharnés pour que le docteur l'admette dans la petite troupe de ses enfants. Mais celui-ci n'en faisait rien. Il ne lui disait pas : « Viens chez moi, tu peux être mon enfant. » Filot se demandait pourquoi. Il avait dû faire une faute, une faute grave pour le docteur. Peut-être que le docteur le prendrait, s'il tombait vraiment malade ! Filot décida donc d'avoir une maladie terrible.

Pour jouer de tels tours, il était de première force. Il avait connu dans les hôpitaux des enfants capables d'avoir de la fièvre à volonté. Ils plongeaient le thermomètre dans le lait chaud ou se le frottaient contre le bras et, après cela, ils avaient de la fièvre. Mais, de la fièvre, c'était trop peu pour Charlemagne. Filot devait avoir plus que ça : il lui fallait une belle maladie. Il décida de ne plus pouvoir bouger.

Un beau matin, Filot resta couché. Mlle Lebas, qui réveillait les enfants, s'approcha et lui dit :

— Debout, Filot !

Il ne bougea pas. Mlle Lebas alla chercher Mlle Dupas qui saurait peut-être mieux s'y prendre avec Filot. La jeune femme s'assit sur le bord du lit et lui parla doucement, comme pour le prier de faire quelque chose :

— Voyons, Filot, tu peux te lever. Hier encore, tu allais très bien. Que se passe-t-il ?

Filot regardait fixement le plafond. Son corps semblait être de marbre ; ses jambes étaient raides ; ses bras étaient raides ; son visage ne bougeait pas d'un pli.

Mademoiselle eut l'impression qu'il n'entendait même pas.

— As-tu faim, Filot ? demanda-t-elle.

Filot ne donna pas de réponse.

Elle souleva la couverture et le regarda. Il était si raide qu'elle prit peur.

— Je vais appeler le docteur, dit-elle.

Charlemagne vint et lui parla longuement. Filot était toujours aussi raide. Charlemagne le palpa de sa main agile et légère. Ça chatouillait un peu, mais Filot resta de marbre. Le docteur expliqua à Mlle Dupas qu'il avait déjà eu affaire à des cas de ce genre. Cela pouvait durer longtemps et le mieux était d'emmener l'enfant dans une clinique.

Quand Filot entendit le docteur dire qu'il fallait l'emmener dans une clinique, il fut parcouru d'un frisson d'horreur. Il décida pourtant d'attendre le moment du départ. Pendant des heures, il resta couché, complètement immobile. Tout autour de lui, les enfants faisaient leur tapage habituel ; mais lui n'était plus là : il était malade.

Dans l'après-midi arrivèrent deux infirmiers avec une civière. Charlemagne les accompagnait et dit en désignant Filot :

— C'est le patient.

Les deux hommes posèrent la civière près du lit et y placèrent Filot après l'avoir levé comme une planche.

— C'est incroyable, dit Charlemagne.

Ils soulevèrent la civière, sortirent du dortoir et, descendant l'escalier, emportèrent le patient en le balançant doucement. Mais, quand ils arrivèrent au grand portail, Filot se redressa d'un seul coup, sauta de la civière et détala comme un lièvre.

— Je m'en doutais, dit Charlemagne.

Quelques jours plus tard, le docteur demanda à Filot :

— Pourquoi étais-tu si malade ?

Filot ne répondit pas.

— Est-ce que quelqu'un t'a fait de la peine ?

Filot fit signe que oui.

— Qui ? demanda Charlemagne.

Filot fit signe de la tête qu'il ne répondrait pas.

Bien longtemps après, Filot demanda

à Charlemagne, qui venait de lui faire une piqûre :

— Combien as-tu d'enfants maintenant ?

— Trois, répondit Charlemagne ; toujours trois. Nous ne pouvons pas en prendre plus dans notre maison.

Alors Filot partit en courant. Et Charlemagne comprit subitement pourquoi Filot avait été si malade. Mais il ne pouvait pas prendre Filot chez lui. Pourtant il l'aimait beaucoup.

CHAPITRE X

POURQUOI FILOT N'APPREND RIEN OU, PLUTÔT, QU'APPREND-IL ?

— Tu n'apprends jamais rien, a-t-on toujours dit à Filot dans les familles adoptives, dans les cliniques et dans les foyers. Tu es bien trop bête pour ça.

Au début, ça l'a blessé ; ensuite, pour berner les gens, il a véritablement joué les imbéciles. C'était son arme. Car il n'était pas si bête que cela. Il était simplement incapable d'apprendre ; sa tête n'était pas faite pour cela.

Dès qu'il devait s'asseoir à une table pour lire ou former des lettres, il commençait à s'agiter. Il frottait son derrière sur la chaise, se levait d'un bond, courait ici et là en disant : « Ça dure trop longtemps. » En un mot : Filot n'avait pas de patience.

Il y avait trop de pensées dans cette tête que l'on disait vide ; trop de joies et trop de craintes qui l'empêchaient de faire ce que les adultes appellent « apprendre correctement ». Avec la peinture, les choses allaient déjà mieux. Mais il ne fallait pas que cela dure trop longtemps. Il dessinait des bonshommes, des maisons, mais n'avait déjà plus envie de les colorier.

Il avait appris quelques lettres. Il pouvait lire certains mots et savait écrire son nom : *Filot*. Ça n'était pas son vrai nom. Son vrai nom, il y avait longtemps qu'il l'avait oublié ; on le trouvait dans les dossiers qui voyageaient avec lui d'un foyer à un autre, d'une clinique à une autre clinique.

Mlle Dupas avait essayé de « travailler » avec lui. Elle lui avait montré des albums d'images dont elle lui faisait raconter les histoires après elle. Il y avait dans ces livres des mots qu'il connaissait déjà. Quand il en trouvait un, il le disait et ça lui faisait plaisir. Mais Mlle Dupas ne parvint à lui apprendre qu'un seul mot nouveau : le mot *arbre*. Toutefois, Filot s'intéressait bien plus à l'arbre du jardin qu'au mot arbre écrit dans un livre.

Les gens qui prétendaient qu'il était trop bête pour apprendre quelque chose se trompaient. Il apprenait énormément de choses. Il apprenait à vivre dans les foyers, ce qui n'est pas facile. Il apprenait par cœur les tests que les médecins et les psychologues lui faisaient faire. Il apprenait à éviter les gens qui ne l'aimaient pas. Il apprenait à se défendre contre les enfants qui l'attaquaient. Il apprenait à pouvoir jouer tout en ayant mal à la tête. Il apprenait beaucoup de choses.

Il avait toujours su chanter. Ça, il n'avait pas besoin de l'apprendre. Il n'avait du mal qu'avec les cantiques qu'il devait chanter à l'église. En fin de compte, Filot n'apprenait que ce dont il avait besoin pour pouvoir à peu près s'en sortir dans les foyers et les cliniques et y vivre sans être trop souvent battu ou insulté. Voilà ce qu'apprenait Filot.

CHAPITRE XI

LA DERNIÈRE FUGUE DE FILOT
ET SON DÉPART

Personne n'a poussé Filot à partir une fois de plus. Personne ne l'a tourmenté, ni une des filles du foyer, ni M. Chopinard. La directrice et Mlle Dupas étaient gentilles avec lui. Et pourtant il est parti. Il avait eu très mal à la tête et, pendant quelques instants, sans qu'il sache pourquoi, c'est à peine s'il avait pu respirer. Il avait cru à ce moment-là qu'il allait mourir.

Quand il alla mieux, il se souvint des lions qui, au dire des adultes, n'étaient que

des moutons et décida de s'en aller pour toujours. Il voulait voir le soleil qui rougeoie, attaché au bord de la terre, ou la lune qu'un géant noir tient dans le ciel comme une médaille blanche. Il voulait courir avec les lions. Il se peut aussi qu'il ait eu envie de revoir le gardien des lions, cet homme qui l'avait pris dans ses bras, qui l'avait porté en le berçant et dont les habits sentaient bon les lions et le vent. Il n'a jamais dit à personne pourquoi il était parti.

Il a attendu dans l'armoire que tous les enfants soient endormis. Puis il s'est faufilé dans la maison ; ça, il savait le faire, il avait de l'entraînement. Et il est sorti par la fenêtre des cabinets du rez-de-chaussée. Le lendemain matin, quand Mlle Dupas s'est aperçue que Filot avait disparu, la directrice a téléphoné à la police. Le Service des jeunes et l'assistante sociale dirent qu'il fallait mettre Filot dans une clinique. Ce fut aussi l'avis du docteur. Mais ils ne le tenaient pas encore.

Filot s'était dirigé vers l'endroit où il pensait trouver le troupeau de lions, montant sur les collines à travers champs. Il n'entra pas dans les bois parce qu'il en avait peur. Il y en avait un pourtant qu'il devait traverser. Il dormit d'abord à la lisière. Le lendemain, dans la lumière du matin, le bois ne lui inspirait plus aucune crainte. Il alla par les chemins, ramassa des pommes de pin et des glands dont il remplit ses poches. Il vit deux chevreuils et un lièvre. Il essaya de leur courir après. Ayant entendu un tracteur, il se cacha derrière un gros arbre jusqu'à ce qu'il n'y ait plus de bruit. Il finit par se sentir bien dans la forêt. Ici, personne ne pourrait le trouver. Seulement il avait faim et soif. Il mâchonna un gland, mais ce n'était pas bon du tout et il le recracha. Il se souvint que sa première nourrice cueillait souvent des faines. Il en trouva. La plupart étaient vides mais, dans quelques-unes, il y avait encore les grains au goût d'huile. Bien sûr, cela ne suffit pas à le rassasier et sa soif ne fit qu'augmenter. Il arriva à un ruisseau où flottaient des ordures. De sa main il puisa de l'eau et la porta à sa bouche. L'eau avait un goût d'essence et de lessive ; il la recracha.

Derrière la forêt se trouvait une autre colline avec quelques maisons. Il s'assit à la lisière de la forêt et regarda en direction des maisons. À vrai dire, il aimait bien les maisons, les appartements et les chambres. Il aimait bien se sentir quelque part chez lui et ne savait pas pourquoi les adultes l'en empêchaient toujours. Ils lui répétaient qu'il était méchant, bête, dangereux. Filot trouvait qu'il n'était rien de tout cela. Ayant de plus en plus faim et soif, il se leva et s'approcha discrètement d'une maison. Une femme travaillait dans le jardin. Filot s'arrêta près de la haie et la regarda faire.

— D'où sors-tu ? lui demanda-t-elle.

Filot ne dit rien.

— Je ne te connais pas, dit la femme. Tu n'es pas d'ici ?

Filot resta silencieux. Il savait que, s'il

disait quelque chose, les gens comprendraient qu'il était Filot.

— Rentre chez toi, lui dit la femme. Ne dois-tu pas aller à l'école ?

Filot fit non de la tête.

La femme s'approcha lentement de lui.

— As-tu besoin de quelque chose ?

Filot fit à nouveau non de la tête.

La femme entra dans sa maison et revint au bout d'un moment.

— As-tu faim ? lui demanda-t-elle.

Filot fit signe que oui.

— Je t'apporte du pain.

Quand elle lui tourna le dos pour aller chez elle, Filot bégaya :

— Et du lait !

La femme revint avec du pain et un verre de lait et lui tendit le tout par-dessus la haie. Filot s'assit devant la haie, mangea et but. Ils parlèrent. Ou plutôt, non : ils ne parlèrent pas ; la femme parla. Elle lui raconta toutes sortes de choses ; c'est à peine s'il comprenait. D'ailleurs, ça ne l'intéressait pas.

Il avait fini de manger et de boire, et était encore assis, quand arriva une voiture d'où jaillirent deux policiers. Filot comprit que la femme l'avait trahi. Il se leva d'un bond et s'enfuit en courant comme un fou,

talonné par les policiers. Il avait toujours été bon à la course. Mais les policiers étaient plus grands et avaient plus de souffle que lui. Avant qu'il ait pu atteindre la forêt, ils l'eurent attrapé et fait prisonnier. Il se défendit, mordit l'un des deux hommes à la main et donna à l'autre un coup de pied dans le ventre. Mais ce dernier lui rendit la monnaie de sa pièce et Filot se calma. Il se mit à pleurer.

Les policiers l'amenèrent à la voiture.
L'un d'eux s'assit à côté de lui sur le siège
arrière et ils revinrent en ville. Le docteur
et l'assistante sociale les attendaient. Ils
avaient l'air préoccupé. Le docteur lui dit :

— Ce n'est pas grave, mais il vaut mieux que tu ailles dans une clinique. Là, on pourra te guérir.

Filot se jeta par terre, pleura, hurla, se cabra.

— C'est le choc, dit le docteur. Il a une attaque.

Filot n'avait pas d'attaque. Ce qu'il avait, c'est qu'il ne voulait pas aller dans une clinique. Mme la directrice apporta ses habits et ses dossiers. Le docteur le conduisit en voiture à la clinique et le remit aux infirmières.

Pendant un temps, les enfants du foyer parlèrent encore de Filot. Mlle Dupas apprit qu'il avait changé de clinique. Elle pensait souvent à lui. Elle l'avait bien aimé. Au bout de quelque temps, elle devait bien être la seule au foyer à se souvenir de Filot. Puis Mlle Dupas quitta le foyer, se maria et eut elle-même des enfants. Aujourd'hui, quand elle leur parle de Filot, elle se demande toujours ce qu'il est devenu.

POSTFACE POUR LES ENFANTS

Filot a-t-il vraiment existé ? me demandent les enfants à qui je raconte cette histoire.

Oui, Filot a existé. Mais ce n'est pas cela qui compte. Ce qui compte, c'est que vous sachiez qu'il y a des enfants aussi malades que lui, des enfants obligés comme lui de vivre dans des hôpitaux et des foyers.

Filot était-il vraiment malade ?
Quelle maladie avait-il ?

Il avait sans doute deux sortes de maladies. Une qui était claire pour le médecin : les maux de tête, les convulsions, le mal au ventre. Tout cela fait bien une vraie maladie, une de celles auxquelles on donne un nom compliqué. Mais l'autre maladie de Filot, les médecins ne pouvaient pas la soigner. Filot était malade parce que personne ne s'occupait de lui, parce qu'il vivait presque uniquement dans des foyers et des hôpitaux, parce que personne ne jouait avec lui et que personne ne lui faisait confiance. C'est cela, à mon avis, la maladie la plus grave. On ne peut pas la guérir si personne n'y met un peu du sien, s'il n'y a pas des gens capables d'aimer des enfants comme Filot.

Mais Mlle Dupas aimait bien Filot !

Il faut croire que cela ne suffisait pas. Il aurait fallu plusieurs personnes avec lesquelles il aurait pu vivre, vivre normalement et apprendre ce que c'est que la vie.

Est-ce que des enfants comme lui peuvent retrouver la santé ?

Rarement. Nous avons tous trop peu de temps pour nous occuper d'eux. Ils restent donc malades.

Alors il faudrait que les foyers soient plus jolis.

Ça coûte beaucoup d'argent. Avec cet argent, les gens préfèrent construire des routes, des voitures, des avions, des maisons et s'occuper de leur confort.

Mais peut-être n'a-t-on pas besoin de ces foyers ?

Tout malade doit être soigné. Il a besoin d'être assisté.

De tels foyers n'apportent pas une très grande aide !

C'est vrai. On pourrait aider autrement. Mais cela demanderait un effort. Beaucoup de gens devraient être différents de ce qu'ils sont aujourd'hui. Il faudrait qu'ils pensent un peu à des enfants comme

Filot, des enfants que l'on oublie parce que les foyers nous en débarrassent. Ils y disparaissent.

Mais ces enfants sont fous et ne font que des choses insensées.
Il y a beaucoup de bêtises qu'ils font uniquement parce que nous ne nous donnons pas la peine de les comprendre. Nous n'avons pas de patience. Si tout le monde faisait attention et si l'on ne se moquait pas d'eux, ils pourraient jouer eux aussi dans les jardins d'enfants. Il pourrait aussi y avoir des écoles pour eux. Et des parents adoptifs qui auraient appris à être les parents adoptifs d'un Filot.

Mais tout cela, ça n'existe pas ?
Non. C'est pour cette raison, d'ailleurs, que Filot a été mis dans un foyer, puis dans une clinique. Après cela, on l'a oublié.

Peter Härtling.

TABLE DES MATIÈRES

Photocomposition :
TÉLÉ-COMPO - 61290 BIZOU

Achevé d'imprimer
par Maury-Eurolivres S.A.
45300 Manchecourt

Dépôt légal : janvier 1996.

POCKET - 12 avenue d'Italie - 75627 Paris Cedex 13